KB021645

살아있는 동안에
살아있을 이름으로

살아있는 동안에
살아있을 이름으로

펴 낸 날 2024년 1월 8일

지 은 이 최병호
펴 낸 이 이기성
기획편집 이지희, 윤가영, 서해주
표지디자인 이지희
책임마케팅 강보현, 김성욱
펴 낸 곳 도서출판 생각나눔
출판등록 제 2018-000288호
주 소 경기 고양시 덕양구 청초로 66, 덕은리버워크 B동 1708호, 1709호
전 화 02-325-5100
팩 스 02-325-5101
홈페이지 www.생각나눔.kr
이 메 일 bookmain@think-book.com

• 책값은 표지 뒷면에 표기되어 있습니다.
ISBN 979-11-7048-656-5(03810)

惠松 최병호 시집

살아있는 동안에 살아있을 이름으로

"네가 살았다 하는 이름은 가졌으나 죽은 자로다." 계 3:1

생각나눔

목 차

제1장 · 세상에서

제2장 · 믿음과 희망으로

제3장 · 사랑과 말씀 나를 다듬고

제1장

세상에서

살아야 하는 이유

팔딱이는 숨결
어쩔 수 없어
부지하는 오늘 아니라

죽음에서
죽음으로
건져낸 사랑

콧등 주저앉을
눈물겨운 사랑 전해야 하리
소리 높여
찬양하며 전해야 하리

눈보라 속
뜨겁게 감싸 안고
쓰러지지 않도록
비바람 막아서 주신

그대 손길
증거 해야 하리
방방곡곡
온 세상 증거 해야 하리

살아있을 이름으로

기대와 소망 따라
이 땅에 뿌리박고
담대한 믿음
분별없는 열심

지금껏 살아온 수많은 시간
당신 주신 축복이라
희희낙락 교만했었네
허공에 새겨진 허무한 이름

영원히 살아있는
당신
부르실 그날까지
살아있을 이름으로 노래해야지

푸르른 저 녹음들은

보랏빛 감자꽃
사래 긴 이랑 사이
파도처럼 출렁이는 유월 햇살
아물지 않은
아픔의 총소리 들리는 듯 따갑고

담장 타고 넘는 넝쿨 장미
골목길
싸아 휘감아 돌 때
사립 열고 나가던 상잔의 그날

마지막 뒷모습
진토된 넋 잊지 못해서
하얗게 센 세월
망부석 가슴 맺힌 눈물일 거야
햇살 속
눈부시게 푸르른 저 녹음들은

낙 서

생금 생일 어떻게 해야 하나
유지 바보
유림이 내꺼
예지 존나 박쳐
삐뚤빼뚤 여기저기

소변 금지 푯말 붙을 법한
한적한 모퉁이 기둥
깊숙이 묻힌
어린 마음 털어놓고 간다

삭이지 못할 울분도 털어놓고
어쩌지 못하는
간절한 마음 삐뚤어진 속내도
방광 비우듯 쏟아 놓고 간다

마음 둘 곳 없는 아이들
이미 범해버린 마음속 죄
떨쳐내지 못한 미련
고개 들 수 없어
쌍스럽게 갈기고 간다

하늘 바다

비췻빛 하늘
하늘 바다엔
나뭇잎 파도 소리 출렁이고

지는 낙엽
물보라
금빛으로 반짝이는데

양지쪽 언덕 포구엔
승리한 삶의 한 해였노라
만선의 오색 깃발 펄럭인다

장 마

샛노란 유채 꽃잎 지고
금빛 주머니
새까만 보석 두고 갔어도
모퉁이 하늘빛 뜰엔
토끼풀꽃 하얗게 피어오르고

분홍빛 향기 연약한 꽃잎
가시 속 아픔 피어나는데
세월은 어둠 깊이 더해만 가네

구구구 산비둘기 노래가 날던
향기롭던 산언저리
젖은 속눈썹 촉촉한 그리움처럼
물기 머금은 잿빛 구름 휘감아 돌고

하얀 작별 봄 건너온
옹기종기 파란 씀바귀
빈 잔의 술보다
쓰디쓴 눈물만 젖어있구나

각박한 세상 척박한 땅
깊은 뿌리내리고 사노라 해도
꽃 같지 않은 꽃도 피우지 못해
무성한 이파리 쑥대밭에도
짧은 햇발 너무 그리워
원망의 낮은 하늘 떠가는 구름
방울방울 맑은 눈물 흘리고 있네

난 청

웃고 싶어도 웃고
울고 싶어도
웃는 꽃

바람 불어도 새가 울어도
고개만 끄덕끄덕할 뿐
마냥 웃고만 있다

알아들어도 듣고
못 알아들어도 듣고
이해할 수 없어
답답한 가슴 터져도
마냥 듣고 끄덕끄덕
꽃처럼 웃기만 한다

산딸기

깊은 산
좁은 골
나지막 언덕

졸졸
조그만 실개천 바라볼 때면
하얗게 피어나던 옛 그리움
밤마다 날마다 씻어 내려도
시샘하는 마음 같은 가시 잎사귀

파릇파릇
밤새운 소쩍새 봄날
까칠한 언덕 위 숨 가쁜 호흡
그대 부르다 찍어내었던
외로움 그리움

끝없이 높아지는
하늘빛 기다림 되어
달아오른 초하 햇살 속에서
반짝반짝 이슬 젖은 별빛

가슴 응어리
굳어버린 담석처럼
거북하게 남아있어도
지나는 길손 유혹의 손짓
알알이 빨갛게 타오르네

찔레꽃

가을날 햇살 속
떨어지는 웃음처럼
은은하게 퍼지는 향기

어머니
얼굴에 번지는
미소처럼 잔잔하게
피어나는 꽃

불어오는 바람
돌아갈 수 없는 슬픔의 언덕
화려한 봄날 지난 녹음 속에서
망울망울
그리움 피워 내는 하얀 찔레꽃

우 산

추적추적 내리는 빗속
나를 품고 간
달 같은 너 고이 접어서
차 안 선반 위에 올려놓았지

내려야 할 역 이름 아득해지고
아차 싶을
잊은 채로 내린다 해도
하나도 아깝지 않을 거 같아

어떤 누구나
이야기 속 빨려든다면
한없이 행복한 시간
가슴 가득 보듬을 수 있으리니

어느 손에서 펼쳐질
너는
또다시
그를 품고 활짝 웃을 테니까

털신 이야기

시어머니 신었던
한 켤레 털신을 신고
허름한 옥양목 저고리 옷고름
코 오 콕 찍어내는
가난한 눈물 속 어머니 사랑

아련한 추억
애잔한 친정어머니 사랑 이야기
뜨겁게 펴 올린 짧은 글 속
연약한 내 마음 풍덩 빠졌네

못난 자식
어쩌다
사드린 털신 한 켤레

덧대어 꿰맨 양말 속
허약한 울 엄니 하얀 발등
털벅거리는 갈색 나일론 털에
수줍도록 살포시 묻히던 날
춤추듯 고샅은 신이 났었네

죽나무

그래 지금은
아무리 부드러운 속살 드러내어도
어느 누구 바라보지도 않아
기름진 세상 모퉁이
홀로 서 있는 쓸쓸함이야

한눈팔 줄 모르는 고단한 심성
오로지 한길 하늘 향하여
야윈 살결 가는 목 뽑아 올리고
하늘하늘 춤추던 푸른 햇살
고소함 묻어나던 세월 추억함이야

어느 누가 기억해줄까
선명한 눈가 주름살에도
티눈 하나 박이지 않은 고운 살결로
높이 더 높이 타오르다가
나도 몰래 물든
선홍빛 가슴 속살을

국립공원 남창 계곡

내장산
고운 능선 들쳐 업고 선
천년 세월 마모된 깊은 골짜기

푸르도록 맑은 물
하늘 높이 흐르고 흘러
찌르듯 곧게 선
삼나무 잎사귀에 머물러있네

마디마디
늘어선 대나무 숲
물소리 장단 노래 부르면
사각사각 여름 바람 가을 부르네

굽이굽이
돌아서는 굽이마다에
늘어진 갯버들 발 담그고
하얗게 세는 세월을 헤고

틈새 틈새
능선엔 상잔의 아픈 상처
아직도 붉은 피 흘리고 있어
로켓포 불발탄 부러진 날개
녹슬어 가는 깊은 골짜기

어느 가을날

석양
노을빛 고운 하늘
가냘픈 하현달

지는 해
가는 달
아쉬워 마라 하네

가다가
가다가 보면
찢어져 갈라진 상처 아물고

잘 익은 열매
씨앗으로 터져
기름진 밭 뿌리를 박고

언제나의 봄날로 비상하리니
지는 해 가는 달
아쉬워 마라 하네

헬스장에서

낙엽 진 가을 길
하얗게 서리가 내렸습니다
새벽 깨우는
어머니 배꼽시계
아궁이 첫 불 지피우고

치-폭거리는 다섯 시 통학열차
저만치 아직 동트기 전
하얗게 서리 내린
시골 십리 길 걷는다

친구
발걸음 뒤에 떨어지는
별빛 등대 삼아 걷고 또 걷고
산 너머 신작로 꿈꾸던 길
사각사각 자갈길 나오기까지
시리게 시리게 좁은 길 걷습니다

문득

멈춘 세월

아찔한 현기증

감색 저고리 하얗게 날선 카라

꽃잎처럼 받쳐 입은

새까만 단발머리 하얀 가르마

효정이가 눈꽃처럼 웃고 서 있다

밥 먹자

절망의 끝자락
꽁꽁 얼어붙은 마음 문
훈훈하게 녹여 줬다는
어느 여성학자
선배 말이라는 말
밥 먹자

처음 듣는 말 아닐 진데도
그냥 흔하게 듣는 말일 텐데도
어찌
그렇게 단단하게 얼어붙은
마음 들어가 박혔을까

살아야 하기 때문인 게다
밥 먹고 사는 우리 인간
밥 먹는 것
육신이 사는 것이기 때문인 게다

삶의 노래

흐드러진 목련꽃 아래
그늘 피해
고개 숙인 산수유
계곡 물소리 귀 기울이고

미로처럼 굽이굽이 산허리
목련꽃 툭툭 터뜨리는
손길 곱기만 하다

봄날 햇살
눈부시게 화사한데

봄바람 사이사이
김밥이요
외치는 소리
산길에 마주치는 들꽃마냥
삶을 가꾸는 노래
뜬금없이 곱구나

水谷 개인전(담 갤러리)을 다녀와서

그렇게
많은 세월 물가 흘리면서도
마음 가까이 머물지 못했었던
기억 저편
돌아올 수 없는 시절의 추억

살빛 하얀 얼굴 검은 뿔테안경 속
계곡 맑은 물처럼 투명하게 반짝이는
향기롭도록 선한 너의 눈빛 건져 올리고
숫처녀 입술보다 뜨겁고 정갈한
손끝 피어오른 봄날 물안개를 본다

밤을 붉게 밝힌 십자가 새벽
어스름 동녘 하얗게 밝아올 때면
하늘에 머문
겸손한 너의 손길엔
은혜가 눈처럼 소복이 내려 쌓이고

바람소리 물소리 풀잎 이슬 함께 젖어서

봄날 산정엔 꽃잎 같은 향기 피워 올리고

겨울날 고요한 정적 속에선

밤하늘 별 품어다

반짝이는 보석으로 토해 놓은

너의 손끝

고운 꽃물이 흠뻑 들었겠구나

고향 집

언제나 그립고 살가운 곳
비록
중방 털어가는 도심
이웃하여도
아름다운 추억만 기억되는 곳

어제도 내일도 대문 없어도
오가는 기계 소음
이웃 욕심 몸살 알아도
늘 울 엄니 호흡하는 곳

다 쌓지 못한 계획 남아있지만
휘-이 돌아보기만 하여도
내 가슴엔
울 엄니 숨결 넘쳐나는 곳

작설차

연초록 빛깔 꿈으로 피다
뜨거운 불볕에 달달 볶이고
비비작 부벼지고 덕이어서
여리던 살결
거친 손자국 인이 박였네

세월에
날 선 바람
미처 알지 못하는
동녀의 똘망한 눈망울이야

날개 미처 펴보기 전
봄날 산기슭 허기진 갈증
맑고 그윽한 너의 살 냄새

뜨거운 체온
가슴 이미 금침 덮이고
울 엄니
치마끈에 매달린 소박한 생

은은한 향기 녹아든
분별할 수 없는 맨얼굴
한 줌 뜨거운 눈물
젖어 피어나는 꽃잎이로다

북악산

반도의 중추 맥으로 뛰어
천년 넘어 첨단을 가도
깊게 파인 골수의 한
서리서리 머무른 산기슭 세월 잊은 듯
향기로운 봄바람
산들산들 타고 넘어라

불혹의 세월
생각조차 묶여야 했던
한가득 산 벚꽃 증표라는 듯
연둣빛 산자락 골짜기마다
때를 잊고
울먹울먹 피어있어라

조각난 조국 슬픈 현실
녹 난 가시덩굴
둘러친 성벽을 타고
각진 도시 향하여 내리뻗다가
뿌연 안개 같은 황사 피어올라서

차갑고 혼탁한 바다 젊은 넋을 묻었네

도읍 품어 안은 푸른 솔빛
피어난 꽃잎 꿈결만 같아
너의 봄빛
수채화보다도 곱기만 한데
천년 세월 흘러도
슬픈 역사 켜켜이 성벽에 쌓여있구나

소나기

벌겋게 달아오른 대지
훅훅 가쁜 숨 몰아쉬어도
이글이글 작열
복중 태양 뜨거운 열기

송송 맺힌 땀 등골 흐르고
졸졸 개울물
헐레벌떡 돌 틈 사이 돌아 흐를 때
먼 산 아래 검은 구름 한 조각

햇살 가득 하늘 천둥소리
후두둑 지는 굵은 빗방울
마른 땅 뽀얀 흙먼지 일고
어느덧 세찬 빗줄기 산 가린다

장대 같은 빗줄기 신발 젖고
미처 삼키지 못한 갈증 게거품 물면
어느덧 물줄기 골 이루고
개울은 넘실넘실 길 잃는다

언제였느냐 비 그치고
말갛게 씻긴 햇살 등에 업으면
들 너머 먼 산 오색 무지개
지친 녹음 위로하는 산들바람 부른다

김장 무를 씻다가

새빨간 황토밭에 뿌리를 박고
헉헉대던 무더운 여름 나고
바람 선선 가을날
산천 울긋불긋 단풍이 들어
새하얀 된서리
들과 산 새까맣게 태우는데도
너 홀로
청청한 푸르름 간직하더니
너 아닌
너를 위해 드러낸 나신
눌어붙은 황토 붉은 핏빛이로다

예수 안에 뿌리박고 사는
내 마음
세상 따라 웃다 울다 향기 잃으니
벌거벗은 육신
활활 타는 불꽃 속 서야 하는 날
얼마나 주님 향기
드러내며 돌아갈 수 있을까

김 장

세상 변한다고
양념이라
맛이라
세상 닮으라 하네

하나님 은혜 젖어 산다면
절인 배추처럼
뻣뻣한 고집
꼿꼿한 자존심 접어야 하리

주의 보혈 씻긴 영혼이라면
켜켜이 샛노란 속
뜨거운 사랑으로 붉게 버무리고
날마다 채 썰듯 기도와 묵상
차곡차곡 채워서 넣고

약속의 말씀 항아리
비방과 판단 입술 뚜껑을 닫고
주님 오실 그날 꽃피기까지
감사하며 삭혀야 하리
발효된 주님 향기 골목 가득하도록

소금꽃

꽃처럼
하얗게 피어있어도
꽃이라 소리 높이면
시도 달도 짜지 않으니

제 몸 태우는 촛불처럼
네 몸 녹여 흘러야만
짭짤한 소금 제맛
맛보일 수 있지 않으랴

펄럭이는 세상 이름
모든 욕심
낮고 낮은 겸손수
씻어 내어야
보혈의 십자가 닮지 않으랴

나그네

달콤한 유혹 출렁이고
쾌락의 수렁 널려있어도
영원한 천국 소망을 품고
기쁨으로 빛으로 살아야 할 세상

오라는 곳 없어도
갈 곳은 많아
빨빨거리는 발걸음 분주한 세상
그래도
결국엔 돌아가야 할
영원 전 함께 살던 아버지 나라

내일을 호흡하며 꿈꾸어도
예비하신 하나님 아버지의 집
언젠가는
반드시 돌아가야 할
세상 나그네라네

숲 길

이른 아침
터벅터벅 걷다 보면
잎새에 맺힌 맑은 이슬
눈빛 반짝이며 속삭인다

넌
세상에 하나밖에 없는
소중한 존재라고

산들바람 부는 날
헐떡헐떡
숲속 언덕 오르다 보면
볼 스치는 바람
손 흔들며 환호한다

네게
예비한 세상
이렇게 펼쳐 놓았노라고

출근길 화장

조급한 출근길 새벽 전동차
쫓기듯 후다닥 분 바르고
한 손에 손거울 받쳐 들고서
속눈썹 치장하는 어여쁜 자매님 따라
주머니 속
쪽복음 말씀으로 화장을 한다

내 안에 가득한 때
미움 시기 욕심 빡빡 문질러 닦고
용서와 사랑 파운데이션
투드득투드득 두드려 곱게 바르고
환한 미소 가득히 화장을 한다

이어폰 없어도 깊은 마음속
천국 소망 높이 하나님 찬양
긍정의 입술 붉게 바르고
이 하루도 주님께 모두 맡기는
기도의 속눈썹 말아 올리면
어느덧 육신은 환승역이네

일어선 자리 털고 뒤돌아보듯
연약한 육신 아쉬운 삶
눈물 없는 회개마저도
나의 죄 대신 지신 주님 향기
어두운 땀 냄새 삶의 겨드랑이
향수 삼아 뿌리는 새벽 출근길 화장

화장실에서

화장실은
육신의 찌든 때
빡빡 문질러 벗겨 내고

장과 혈관 흐르고 도매
쌓인 찌꺼기 쏟아
없어질 육체 청결한 교회

교회는
허둥지둥 세상 매여 살매
잊고 사는 사랑과 은혜
마음 잔 가득가득히 채워

영혼의 썩은 죄
십자가 보혈
회개의 눈물 엉엉
후련하게 닦아 내는
영의 화장실

얼굴 구경

꽃처럼
화사한 어여쁜 얼굴
구겨진
종이처럼 초라한 남자

긴 머리 단발머리
웃는 얼굴 예쁜 보조개
덤덤한 얼굴
눈물 떨어질 듯 슬픈 눈망울

올려 보는 큰 키
마주 보는 작은 키
울긋불긋
단풍처럼 화려한 차림

어떤 얼굴
어느 모습이라도
맑은 샘물 같은 마음 주셨네
존귀한 존재로 하나님께서

감 사

감당하기 어렵도록
커다란 열매

주렁주렁 매달고 선
사과나무 한 그루

여름날
무더위 고난
축복의 거름이었네

엄니 생각

집 떠나 객지생활
아들 생각

울 엄니 가슴
근심 걱정 물안개 피어올라서
사시사철 눈물 꽃 피었었지요

지금은
세상에 아니 계셔서
날마다
피고 지던 눈물 꽃

엄니 나이 된
내 가슴
달이 진 밤 피어나지요

감나무

허리가 굽도록 매고 가꾸던
꾸불꾸불 고갯길 너머
비탈진 밭 다랑이
밭두렁 드문드문 감나무
가난한 시절엔
반짝반짝 윤이 났었네

마디마디
굳은살 허기진 손발
이제는 기름진 세상 매여 살기에
살가운 손길 하매 그려도
벗이야
지나는 바람뿐이라

가까이하기엔 너무나 아픈
세상 죄악 같은
가시덤불
에워싸고 휘감아
타고 올라도

나 할 바 다할 수밖에

불타듯
타오르는 붉은 계절 앞에서
고난 이겨낸
주황빛 승리의 열매
허리 휘도록
주렁주렁 매달고 섰네

하나님 저 여자 어떻게 좀 해 주세요

부잣집 외딸로 곱게 자라다
굶기지는 않겠다
사내 말에 혹하고 따라나서서
삼십 년 넘게
한 사내만 바라보고 사는 불쌍한 여자

주근깨 송송 박힌 얼굴
까무잡잡한 살빛에 오동통한 몸매라도
자기 몸에 걸치는 건
재래시장 좌판 싸구려지만
자기 남자 초라해 보이는 건
세상에서 제일 싫다는
마음만은 새하얀 천사 같아요

수화기 받아들면
삼십 분 부족해 화장실 문 잠그고
변기에 눌러앉아 수다 떨어야만
직성 풀리는 그이지만
그의 말로
위로받고 힘 얻는 사람 많다는 건
하나님도 아시는 여자예요

시장 바구니 거실에 내려놓으면
정리할 줄도 치울 줄도 모르고 망각하고
버릴 줄도 모르는 그이지만
남편 바지 구김 가는 건 참지 못하는 여자
수술하고 회복 안 된 몸으로도
가족 아침 식사 염려하는 바보 같은 여자

항암으로
머리털 뭉턱뭉턱 빠질 때면
바라보는 사내 눈시울 붉어지는데
이가 시리다는
사내 잇몸 치료 걱정 먼저 하는
참으로 알 수 없는 여자

어렵고 힘들어도
십일조 감사 챙겨야만
안심하는 신실한 여자

살아도 그 안에 그가 없고
남편만 있는 불쌍한 아내
하나님만 사는 그 안에 함께 살도록
하나님, 저 여자 어떻게 좀 해 주세요

목련꽃처럼

미처 세상 눈 뜨기 전
새벽 여명 같은
봄날 아침
어슴푸레한 미소
가만가만 웃다가 하얗게 웃고

얼어붙은 마음
녹아 흐르기 전
소란스런 아침 준비
초가집 굴뚝 연기 피어오르듯

봄바람 훈훈하게 펄럭일 때쯤
호탕하게
한바탕 소리쳐 웃고서 지는
성스럽도록
향기롭고 아름다운 목련꽃처럼

박장대소 목젖 보이도록
당신께
기쁜 희망 나였으면

우산처럼

마음 밖에
아무것 줄 수 없어도
가는 길 어둠 내려 답답할 때
안심하며 찾는 기쁨

비 오는 날
우산처럼
소용한 사람이고 싶다

가뭄 속 쨍한 햇살 나면
어둠에 갇혀
고독한 슬픔 속 묻힐지라도

짧은 인생
한순간이라도
지나는 소나기 때
우산처럼
함께 호흡하는 사람이고 싶다

암 병동

대수롭지 않은 헛구역질
벼르고 별러
소화제나 한 줌 타 먹고 가려 했는데
오장 도려내는
청천벽력 칼질 소리

알 수 없는 내일
오늘도 내려놓아야 할 삶
활기찬 붉은 얼굴 찾을 수 없고
창백한 절망의 절뚝거림만
잿빛 복도 오르내린다

하얀 무테안경 도수만큼이나
무관심이란 듯
절대자의 거만 어지럽고
상처 돌보는 손길
입에 발린 미소
피곤한 기색 역력하다

억울한 누명 수인처럼

한마디 선포 입술 매달려

오금 졸이는 죄인이 된다

암 병동 오면

너 나 없이

죄 없는 죄인이 된다

오늘을 사는 나

오늘을 사는
난
주님 주신 떡으로
심장 뛰고

흙의 존재
혼 불어넣으셨기에
호흡하며 사는 줄
깨닫지 못하는 우둔함

오병이어 기적
눈으로 보고
경험한 제자들
한 조각 떡 걱정
우매한 제자 다름 아니라

송구영신

묵은 걸 보낸다는 넌
참으로 시원하겠다
십 년 묵은 체증이라도 내려간 것처럼
네 마음에 걸터앉아
쭈뼛대는 못난 모습
보지 않아도 될 터이고

새로운 걸 맞이한다는 넌
참으로 기분 좋겠다
엄마가 명절날 사준 운동화처럼
네 눈에 밟히는 그리움
희망으로 반짝반짝 빛날 터이니

초라한 마음 걸터앉은
그림자 언제부터였을까
지우지 못해
넘치는 잔처럼
비울 수 없는 가슴이라서
날 가고 해 지고 머리 세어도
새것이라 받아들일 가슴 없구려

비구니

그래도
그래도 아직은 살만한 세상
하나님 주신 세상이건만
어찌 근심 걱정 그리 많아서
삼단 같은 검은 머리
반짝이듯 파랗게 자르시고서
세상 근심 같은 잿빛 장삼인가요

님아
구중심처 높은 산 깊은 숲
숨어 살아도
어디라도 하나님 계신 곳인데
그토록 커다란 눈 깜박이며
독경한들
가슴 속 그리움 서러움
비울 수 없으리니

맑고 고운 그 가슴
아직도 비워 못 낼
한 남아 있거든
이제는
이제는 그만 공염불
주님께 안아다 맡기시구려

가장 중요한 것

지식도 양심도
재물의 자(尺)로 재는
요즘 같은 때
재산 관리 재(財)테크 중요하다네

하지만
보다 더 중요한 것은
시간이 돈이라는 음속 시대엔
시간 관리 시(時)테크 중요하다네

그래도
더더욱 중요한 것은
언제나 바쁜 걸음 야행(夜行) 시대엔
휴식관리 쉼(休)테크 중요하다네

그러나 무엇보다
그 무엇보다
더욱 더더욱 중요한 것은
바른길 선택하는 길(道)테크라네

아름다운 이름으로
기억돼야 할
한번 가면 올 수 없는
나그네 우리 인생길

요즘 사내는

요즘 사내는
아내가 임신하면
입덧은 사내가 한단다

그래서일까
아내가 김장했는데
몸살을 내가 앓는다

주님 날 위해
수많은 고통과 모욕
홀로 감당해 주셨건만

어찌하여
내 맘엔
미움 시기 가득할까

난 로

모양새도
놓임새도
가지각색 다 달라도

너의 사랑 중심에 연결하는
가느다란 끈 하나라도
끊어지지 않도록 붙잡아야만

너의 사랑 기름 되고
나의 기쁨 불씨가 되어
타오르고 타오를 텐데

차갑게 식어가는
헐벗은 이웃 손이라도 녹여줘야
너와 내가 이 세상
존재하는 의미로

하나님께 순종하듯
사랑하며
살아갈 수 있을 터인데

포장됩니다

회사 회식 있어
맛있는
낙지볶음집에 갔었다

입안이 얼얼하도록
매운 낙지볶음 맛있게 먹고
집에 있는 식구들 생각이 났다

벽에 붙은
포장됩니다
글귀가 눈에 쏙 들어와

낙지만두
삼인 분 어느 코에 바를까마는
포장해 주세요

검은 비닐봉지 들린 손
흔들리는 전동차 속이라도
이미 집에 가 있는 마음 밭엔
하얀 눈꽃 활짝 피어올랐네

사랑(舍廊)

지나는 길 석양 지거든
그냥 들어와
쉬었다 가세요
준비한 건 없어도
그냥 들어오세요

우아하거나 화려하지도 않아
딸려 있는 행랑채라도
가슴 열려
시원한 북풍 들고 나나니
세상 짐 내려놓고 편히 쉬세요

이정표
숫자 연연치 말고
그냥 들어와
다리 쭉 펴고 쉬었다 가세요

밤빵을 사 왔습니다

무일푼 엄마
밤빵을 사 왔습니다

아직은 먹을 수 없는
환자인 걸
가득한 사랑 뜨거운 마음
조급하게 밤빵을 사 왔습니다

입으로 먹을 수 없어
촉촉이 눈물 젖은
마음으로
오물오물 먹습니다

엄마의 뜨거운 사랑
호호 불며
맛있게 먹습니다

아버지 마음

표정은 근엄한 판관이라도
가슴 흐르는 뜨거운 피
벌거벗은 개구쟁이 첨벙거림
염려걱정 씻어 내릴 샘물인 게야

머리 크고 키가 자라매
질타하듯 날 새운 눈망울에도
허허 그려
대견할 뿐인 마음인 게야

가는 길 옳지 않아 꾸짖을 때
윽박지르듯 다그칠 때도
오로지 네 마음
풍랑 잠들기 바라는 눈물인 게야

꿈엔들 잊을 리야
아들딸
잘되고 잘되길
빌고 또 비는 아버지 마음

어머니 가슴 속에는

어머니 가슴 속에는
늘 자식들 숨어 숨 쉬고
똬리 틀어 자리 잡고 있었습니다

여름날 뙤약볕 아래
호락질 지심매기 다랭이 밭
가쁜 숨 삶 속에도
딸내미 어여쁜 얼굴 눈망울
그렁그렁 매달려 있었습니다

하얀 버선발
땀 밴 하얀 고무신
헐떡이는 바쁜 걸음 속에도
쌔근쌔근 잠든
아들 호흡 숨어 있었습니다

내 어머니 삶 속에는
아들딸 그림자
숨어 있지 않은 곳 없었습니다
졸라맨 허리띠
허기지고 주름진 정지간에도

병원에서

똘망똘망
영리한 눈빛 속
어미 눈물 고여 있고

핀 번호 묶인
가냘픈 손목
아비 슬픔 매여 있는데

슬픔 삼키며 부르는 찬양
하나님 믿고 기도하는
엄마의 믿음

부활의 회복
기적의 기름 되리니
감사와 찬양
환희의 꽃이 피리니

아가야
기대하렴

– 2013. 6. 25. 아산병원 식당에서 마주한 민머리 여아와 엄마를 위하여

산골 아이

어둠 같은 적막 속
두터운 솜바지 겨울 지나고
외로운 호남선 철길 위
아롱아롱 아지랑이 아롱일 때면

파릇파릇 아이 웃음소리
소란 거리는
북풍바지 신작로 따라
찔레 넝쿨 가지가지
흐드러지게 피어오르던
가난한 가슴 부요의 꿈
꿈
꿈

혀

나를
살게 하심
배 갈 곳 향하듯
하루 창 열고 나아가도다

재갈 물리듯
욕심 주전에 묶고
마음 사를
촛불 붙이는 도다

씨앗 같은 불씨
가냘픈 육신 혀로 살게 하신
이 하루도
감사로 채우리로다

지푸라기

여름 내내
땀 흘려 맺은 열매
당신
피 되고 살 되리라
후드득 낱알 훑어 드리고

피골상접한 몸뚱이라도
시퍼런 작두 날
싹둑싹둑 몸 나누면
또 다른 먹거리 여물 되고

엮이고 꼬이는
고통 뒤에는
차가운 겨울바람
솜이불 이엉도 되고

날줄 씨줄로 주리 틀 매어
덩더쿵 바디질
곤장에 늘어진 육신

낟알 밭이 씨알 담이 가마 되어서
세상을 구하려 떠돌았었고

떠돌던
육신 숨 거두면
돌아가 보듬은 땅
부활의 푸른 싹 거름 되었네

제2장

믿음과 희망으로

새해 아침의 기도

어두운 밤 같은 세월 지나
쨍한 햇살처럼
희망으로 반짝이는 행복한 아침
오늘 있게 하신 주님 감사합니다

비록 지난밤
외롭고 쓸쓸하였다 할지라도
어둠 잊게 하시고
아름답게 빛나던 별빛만 기억하게 하소서

비바람에 가슴 찢어 울던 날 눈물
원망치 말게 하시고
이 아침 쨍한 햇살 거름이 되는
기도가 되었음을 감사하게 하여 주소서

가슴 가득 찰랑이는 희망의 아침
나서는 걸음마다 형통의 복 채워 주시되
안일한 육신 하루 되지 말게 하시고
소망 가운데 고난도 기뻐하게 하소서

수많은 욕심과 분쟁 분주한 세상
피 흘림의 다툼 없게 하시되
용서와 사랑 게으르지 말게 하시고
화평과 평강의 복 채워 주소서

공은 이웃 흉은 내 탓 돌릴 줄 아는
넉넉한 사랑과 아량 덧입히시고
미움과 시기 모두 사루어
희망의 횃불로 타오르게 하소서

석양 노을 지고 돌아오는 길
땀의 열매 채워 주시되
욕심은 씨라도 비워 주셔서
베풂과 나눔 풍성한 한 해되게 하여 주소서

승훈아 어서 일어서렴

어쩌다
저렇게 누워 있을까
뽀얀 얼굴 볼 부벼도 내색 못 하고
눈으로마저도 웃지 못하고
주렁주렁 호스 매달아
바라보는 마음 이렇게 미어지는데
어미 가슴 얼마나 후벼 팠을까

아들아
불러도 대답이 없고
사랑한다 말해도
응답이 없어
말을 걸고 대답해줘야기에
지나는 눈길 눈물 나는데
아비 마음 얼마나 찢어졌을까

어미 마음 그만큼 후벼 팠으면
아비 마음 그만큼 찢어놨으면
이제는 일어서서

매달린 호스 훌훌 뽑아 던지고
헤헤헤 웃으며
달려와 안길 때도 됐지 싶은데

찢는 가슴
눈물 젖은 기도 들으신 주님
승훈아
어서 일어서렴 응답해 주실 거지요

– 2010. 5. 2. 한승훈 가정방문 유아세례 집전 참가 후

내 삶의 일부로 주신 것들

네 눈 속
들보 보라셨거늘
어찌 믿음 없는 입술 보는가

순종이 제사보다
낫다셨거늘
어찌 교만한 마음 보는가

사랑하라
용서하라셨거늘
어찌 분노하고 질투하는가

네 모든 짐
맡기라 전하셨거늘
육신의 안위 추구 명예 보는가

돌아가지 않을 수 없는
나그네거늘
어찌 썩을 이 땅 갈구하는가

경험한 만큼

경험한 만큼
믿는다는데
믿음의 깊이 경륜일런가

보지 못하고
믿는 것 복되다는 말
말뿐인 말일런가

말씀의 은혜
은혜 아닐런가
말씀 경험도 경험이려니

주님 전하신 말씀
오물오물 씹으며
동행의 주님 경험해야 해

꽃처럼 살게 하소서

새 찬 칼바람 눈보라 속
고난과 환난 겨울을 지나
봄날 연약한 풀꽃처럼
불려지지 아니하는 이름이어도
가는 실바람 하늘하늘
머리 숙여 키 낮추는
겸손한 모습
풀꽃처럼 향기롭게 살게 하소서

꽃 진 자리
이별의 아픔 있을지라도
씨앗처럼 조그만 모습이라도
당신 이름 빛내줄
기쁨 열매
주렁주렁 찢어지게 매달 수 있는
아름다운 꽃으로 살게 하소서

향기 없어도 열매 없어도
유월 담 타는
녹음 속 무성한 넝쿨장미처럼
당신 향한 나를
태우고 활활 타올라
붉은 꽃처럼 살게 하소서

당신의 마음

당신 마음 샘물 같아서
타는 여름날
갈증 덮는 숲 푸르름 되고
가을날 이별 앞둔
열매들 꽃빛이 되네

샘물처럼 맑고
투명한 당신 마음엔
열매 없이 벌거벗은 겨울나무
죽은 듯 살아서 뿌리내리고
또 다른 향기로운 봄
꽃 피워 올릴 꿈 키우고 있네

당신 위하여 살아야 할지니

당신
나 위해 다 주었듯
당신 위하여 살고 싶은데

속속히 들여다보이듯
조그만 세상
조그만 세상 살았음에도
당신 가슴 천지 품은 듯했어

부끄러운 죄짓고 고개 못 들 때
괜찮아
품어 안고 웃던
당신 얼마나 포근하던지

평생 살면서 갚아주리
다짐했는데
생각도
다짐도 마음뿐이었네

나밖에 모르는
나였음에도
당신 없는
당신 마음엔 나밖에 없어

당신이 살아도 내가 살아서
당신의 슬픔
나의 눈물이었고
당신의 기쁨 나의 희망이었네

당신 나 위해 다 주었듯
남은 삶
당신 위하여 살아야 할지니
속히 훌훌 털고 일어나시구려

오늘도 우네

그대 손 못 자국
내가 살고

그대 가시관 우리가 사니
그대 피눈물
날마다 퍼마시는 강물이어라

울어도 웃어도 변함없는
그대 사랑
나는 오늘도 우네

말게 하소서

몸 찬양 핑계
살풀이 춤 추지 말게 하소서

사랑 외치며
음란을 노래하지 말게 하소서

살아야 할 세상이라도
세상에 매달리지 말게 하소서

최선 중에도
믿음 잃지 않게 하소서

육신 노래 중에라도
육신 죄악에 태우지 말게 하소서

주바라기

어제나 오늘이나
내가 살아야 하는 이유
그대 바라봅니다

하늘 높아지고
파란 하늘빛
새벽바람 서늘해질 무렵까지

뜨거운 땡볕 대지 달구는
분주한 세월 속
반짝이는 금빛 웃음 머금고
그대 바라보는 해바라기

뛸 듯 기쁜 날이나
아픈 가슴 슬픈 날이나
당신 바라보며 매여 사는
나는 행복한 주바라기

하얗게 서리 내린 삶

석양 노을 물드는 날까지

미소 머금은 향기로운 순종

살아도 살아도 주님 바라보며

천국 소망 주바라기

봄 날

내가
당신 알지 못했을 때
가슴엔 차가운 바람
희망 얼어붙은 겨울이었네

내 안에 당신 자리한 오늘
기쁨이 몽실몽실 피어오르고
햇살 같은 소망 돋아 오르는
가슴 따스한 봄날이어라

내가
당신 곁 떠나 있을 때
세상 욕심 이기심 가득한 가슴
꽁꽁 얼어붙은 동토였었네

보혈에 매인
내 육신
희망의 연둣빛 싹이 자라고
메마른 입술엔 감사의 노래

당신께 매인
나의 오늘
따스한 행복 봄날이어라

영적 건강식품

맑은 물 거친 밥
좋다고 해도
장수의 우리 몸 좋다고 해도
영원히 사는 길
갈 수가 없네
하나님 말씀 믿음 외에는

등 푸른 생선
좋다고 해도
우리 몸에 아무리 좋다고 해도
우리 몸의 죄악
씻을 수 없네
예수의 피 보혈 밖에는

잎 푸른 채소
좋다고 해도
날씬한 몸매에 좋다고 해도
우리 영의 욕심 뱃살
뺄 수가 없네
하나님 향한 예배 기도 외에는

당신 있기에

감사하라 하기에
행복하다 하기에
나의 삶
그런 줄만 알았습니다

내 안에
언제나 기쁨만 있을 줄 알았습니다
감사만 넘칠 줄 알았습니다
황홀하도록 행복할 줄 알았습니다

믿고
의지하기만 하면
가질 수 없는 것
없을 줄 알았습니다

그래서
감사하라 하는 줄만 알았습니다
그러나 상실도
후회와 아픔도 있었습니다

너무나
큰 슬픔으로
가슴에는
찢어진 상처도 있었습니다

하지만 지금
기쁨만 있는 날 아닐지라도
가질 수 없는 것 많을지라도
감사합니다
오늘 있게 하신 주 당신 있기에

기 도

주님
슬픔과 고통 속에도
꽃처럼 아름답고 향기롭게
웃고 있는 한 영혼 있습니다

향기롭고 아름다운 웃음에 반해
묻어나는 고통과 슬픔
다 알 수 없지만
그 고통과 슬픔 아시는
주님

슬프도록 아름다운 영혼
고통과 슬픔 뒤에는
비 갠 날 오후 하늘빛처럼
맑고 깨끗한 기쁨 맛보게 하여 주소서

어제 세상 작별한 이들
그렇게 갈망하던 오늘
깎이는 고통보다는

보석처럼 빛나는 오늘이게 하여 주소서

비록 곁에서 지켜보지 못하는
영혼이지만
그의 고통 알고 있기에
울음 삼키며 드리는 기도

커다란 음성으로
응답하시고
놀라운 역사 피 손으로
회복의 기쁨 안겨 주소서
아멘

원초적 본능을 위한 기도

오! 하나님
내 안에 좌정하신 나의 하나님
나 하고자 하는 모든 일
시작도 끝도
하나님 뜻 합당케 하여 주시고

나의 꿈 향하여 가는 길
돌아가듯 멀고 험하다 해도
하나님 기뻐하실 길이라면
즐거이 기쁜 걸음 가게 하소서

내게 주신 사명 감당할 때도
처지와 형편 핑계치 말게 하시고
한 몸
즐거이 바칠 수 있게 하소서

눈에 보이는 세상
실망스럽다 할지라도
비난하고 분 내기보다

용서하고 격려하는 가슴 품게 하소서

분초 지나서
나노[1]에 길든 성급한 세상
오래 참고 인내하던 모습 본받아
성냄과 질책 더디 하게 하여 주소서

겸손한 모습으로 나를 죽여서
칭찬은 격려로 알게 하시고
충고는 사랑으로 받게 하소서

예수님 이름으로 기도합니다
-아멘-

1) 나노: nano

내가 먼저 죽어야 하리

죽어야 산다
목청 높이며 죽으려 않고
남의 탓 근성 습관 된 줄
깨닫지 못하는 건지
모른 척하는 것인지
세상에 수많은 모세와 요셉

성공한 모세 요셉 많아도
떨기나무 타는 불빛
세상 권세 영화에 묻혀 버린 줄
아는지 모르는지
왜면 하는 것인지
곳곳에 아우성 수많은 영혼

내가 먼저 죽어야 하리
외치는 내가 먼저 죽어야 하리
원망 근성 깊이 덮어 묻고서
살 찢고 피 흘려 대속해 주신
당신 따라
내가 먼저 죽어야 하리

방법이 없네

죄밖에 없는
천국 시민
부끄러운 모습

보혈의 은혜
잊고 살았네
깨닫지 못해

사랑의 보혈
구원의 기쁨
감사밖에는
방법이 없네

축복과 욕심

축복받고자 욕심을 내면
그릇 채워져 욕심 넘치니
채워질 축복 자리 없도다

깨끗한 축복 그릇
텅 빈 머릿속 그릇 아니라
마음으로
행함으로 비우는 그릇일지니

축복받고자 소원하거든
마음 그릇 속 욕심
버리고 쏟아
순결로 가득 채워야 하리

보물입니다

통통통 뜨거운 피
돌고 뛰는 당신
알고도 모르는 보물입니다

죽었다 깨어나도
당신 아니면 알 수 없는
보고도 보지 못할 보물입니다

주어도 퍼주어도
채우고 솟아오르는 당신
가난해도 부유한 보물입니다

하루를 살아도
대속의 고백 진실한 당신
영원히 죽지 않을 보물입니다

주님의 존재

오늘 있음에

내일이 있고

어제 있음에 오늘이 있네

하나님 계심에

세상이 있고

주님 존재에 내가 있어라

당신 십자가 피 흘림 고통

부활의 주님 여기 계시매

이 아침

밝은 해 떠올랐어라

올리브 기름

달궈진 그릇엔 소리 없어도
맑은 생수 한 방울 떨어뜨리면
후드득 지글지글
신나게 노래 부르지

행여 멀건 반죽
비릿한 생선 토막 얹을지라도
묽다 날 것이다
풋내다 비리다 원망치 않고

머리에 부으신 성령의 능력
따끈하게 익히고 바삭바삭 튀기고
꼬들꼬들 볶아내는 기쁨 노래
겸손과 순종의 사명 축복인 게야

참믿음

입에 발린 아우성
바벨탑 닮아 가는 커다란 성전
이 시대 부끄러운
우리의 오늘

돌아보는 당신
함께 하던 날
과부의 두 렙돈 같은
그대들 때문이었어

헐벗고 굶주림 등 붙은 배
거친 손
마디마디 굵어진 손가락
마주 잡은 눈물기도 응답이었네

마구간만큼이나 초라한 성전
형님 동생 이웃사촌 모두인 성도
방송국 방불하는
영상음향 시설 아니었어도

부르짖고 간구하매 들으셨어라

구유에 누이신
주님
오셔서
이 민족 살리셨어라

회 개

알량한 믿음
판단하고 정죄하고
당신 가슴 돌팔매질 못 박음
이 많은 죄악
황폐한 믿음 밭 어이할까나

입에 발린 기도
세상 부귀 권세 매여 있어
썩어질 육신 편안만 구하니
이웃도 형제도 마음 밖 이방인
이 많은 징계
어찌 감당할 수 있을까

하늘 보좌 나의 하나님
죄 대신 지신 십자가 보혈
죄악은 모양도 닮지 말게 하시고
당신 향기로만 가득히 채워
세상 밝히는 빛으로 살게 하소서

나를 붙드시는 주님

조심
또 조심

공명 과욕
교만 방탕

둔한 마음
염려의 고난

삶 속 발 앞
덫으로부터의 비상

오
주님
나를 붙드시는 주님

사과나무

낙엽 지는
쓸쓸한 가을날에도
향기로운 열매
주렁주렁 매달고 선 너는
한없이 행복할 것만 같았어

담 너머 손이 가도록
탐스러운 단내가 나는
속살 달콤한 너는
언제나 기쁨의 나날인 줄만 알았어

한 점 바람 그리운
목마른 갈증 여름날에도
사지가 묶이고
목이 꺾인 채 형극 같은 나날

땀 흘리며 살아온
하늘 향하여 감사함으로
인내하며 참아 낸
고난의 열매인 것을

감사할 줄 모르는
나의 삶 속에선 알 수 없었어

향로의 하루였으면

어여쁜 입술
화답하는 아멘
주님 기뻐하실 순종 마침표

발로
손으로
가슴으로 행함으로

사랑의 주님 향기
몽실몽실
피워 올리는
향로의 하루였으면

축복의 통로 되게 하소서

주님,
제2막 인생길 위
산등성이 희끗희끗
잔설 녹이는 봄비처럼
내 마음 그늘 응어리
동행의 단비로 삭여 주소서

동토 속 기다림 된
새싹 같은 꿈
활짝 피어올라
한여름
녹음처럼 울창하게 하시고

알 수 없는 앞길 두려움
가을날 열매처럼
단맛 더하는
당신의 또 다른 축복
축복의 통로 되게 하소서

2013. 3. 1. 07:00

달

그리스도인의 삶이란다

해처럼 빛 발할 능력 없지만
시린 가슴 덥혀 줄 체온 없지만
어둠 밝히는 능력 없지만

해 같은 능력
내 능 내 힘 아니라
오직 하나님 은혜

어두운 세상 빛으로 살아
섬김의 주님 향기
온 세상에 반사하는 삶

받은 축복
받은 대로 반사
세상 밝히는 둥근 보름달
그리스도인 삶이라 하네

한 달란트

하나님 주신
나의 달란트

얼마나
귀하고 소중한지
깨닫지 못해
지금껏 엽전 취급

측량할 수 없어
말로 다 갚을 수 없는
하나님 주신 은혜

깨닫지 못한
우매함으로
깊이깊이 묻으려 했네

전능하신 창조
하나님 능력
내게 주신 한 달란트

영 생

선한 행위 능
율법 준수로 얻을 수 없는
하나님
은혜로만 얻을 수 있어

모든 것 비우고
낮고 낮은 고난의 길
주님 따라
기쁨으로 함께 가는 것

버림으로 오는
박해
슬픈 눈물 동행하는 것

제물 권세
그 무엇보다
하나님 사랑하는 것

예수보다 사랑
자랑 소유했다면
참 생명 누림
영생 길 영영 멀도다

감사할 것뿐인데

아버지
입술 불평 무엇인가요

감사할 것뿐인데
원망이 무엇이래요

버릴 것 하나 없는
감사뿐인데
은혜뿐인데

오늘 죽어도 좋을
은혜 속인데

내 눈에
미움 시기는 무엇이래요

아버지
이 죄 용서하소서

판단은 정죄니

판단은 정죄니

나를

먼저 살피라

행복은 쉼이리니

겸손을

살찌우라

좁은 길 외로워도

십자가

기쁘게 지라

왕 같은 제사장

화평의 복

천국이 따로 없어라

침묵도 익혀야 하리

내 눈 교만 들보 얹히면
네 눈의 티
들보보다 커만 보이고

마음 깊숙이 욕심 쌓이면
네 사랑 배려
질투 시기심 내를 이루니

입술의 정죄와 판단
네 가슴 십자가
대못이리니

낮은 눈
마음 비우고
묵묵히 침묵도 익혀야 하리

행복한 부자

행복하니?

불행하니?
아니 -

매일
매 순간 기쁘고 즐겁니?

매일 매순간
아프고 슬프니?
아니 -

부자니?

매일 매 순간 쪼들려
남의 집 담 넘니?
아니 -

꿈이 뭐니?

매일 매 순간 지옥 생각만 하니?
아니 -

넌
행복한 부자야!

꽃

웃고 있다고
왜 아픔
슬픔이 없었겠어요

때로는
그리움 목마름에
새벽하늘 바라보던 눈
맺힌 눈물 왜 없었겠어요

그래도
당신 앞에 다가올
희망으로
영원을 꿈꾸며
향기롭게 웃고 있지요

말하기

입으로
나오는 건
마음에 담긴 거라는데

나는
꾸중보다 칭찬
미움보다 사랑
슬픔보다 기쁨
나쁨보다 좋아
축복과 감사
오늘도 얼마나
가난한 마음 담아냈을까

새벽 여명
사랑을 기도하지만
문 닫을 하루 앞에서
살진 마음
회개의 별 셉니다

그리 아니하실지라도

입에 부칠
자랑거리 하나 없이 외면하셔도
새벽 무릎
눈물 젖어 흘러도
당신 뜨거운 사랑 아노니

소원의 제목마다
아멘
화답지 아니하셔도
오늘 이 자리 함께하시며
역사 하시는 당신 믿노니

같이 가자
목청 높여 부를 때
지고 오라 외면하셔도
또 다른
당신 축복인 걸 알아야 하리

그 날

웃음 짓는
모두에게 믿기지 않는
눈물 감격 뒤엉킨
안도감 황홀감

죽음 사라지고
상쾌한 부활
기쁨과 사랑 넘치는
영광스러움

소망 안에
맛보는
새로운 세상
천국에 이를
그날

나는 성자

나는 성자
하나님 아들
내 안에
예수님 계시니

나는 성인
흠 많고 죄 많아도
십자가 보혈
매워진 흠 씻어진 죄
나는 거룩한 아들 예수

세상 권세 재물
펼쳐보지 못한 천국 날개
숨겨 접고 사는 애벌레 모습
인내하며 기다리는
비상의 날

천국 백성
하나님 아들
나는 성자

호락질

혈혈단신

믿음

하나로

주께 나아갑니다

선교사님께

내가 갈 수 없는 길
걷는 당신
거룩한 길 가는 그대 위하여
할 수 있는 것 없는 무능
밝아오는 새벽
기도할 수밖에 없지요

험난한 가시밭길
고난의 길도 기쁘게 가는 당신
걸음걸음 너무도 향기로워서
흉내 내지 못할지라도
작은 정성 모아 기도하지요

서로의 욕심과 이기심
갈가리 찢긴 민족의 슬픔
당신 통하여 주님 거두시리니
거룩한 빛으로 타오르리

십자가 깃발

이슬지고
별빛 반짝이는 깊은 밤
몸서리치듯 나부껴야 한다
내가 사는
오늘 깨워야기에

아무도 없는
광야 같은 텅 빈 하늘
쉼 없이 나부껴야 한다
너와 나
받은 사랑 있음 알려야겠기에

스치는 바람
산산이 부서지는 햇살 속
울대 터지게 나부껴야 한다
우리 삶
내 것 아님 전해야겠기에

그날이 오기까지

그래 그날이 오기까지
꽃피는 봄이 와도
잠 못 이룬 열대야 여름날에도
아파도 앓아도 아니 되었어
주께서 우리 마음에 두신
기쁨만으로 준비해야 했었네

돌아보면 능력 전혀 없었네
마음 가득한 교만
천사보다
조금 못하게 하시는 것도
영화와 존귀 관 씌우신 것도
모든 것 함께하신 주님 은혜였었네

거룩한 열매 꿈꾸도록
육체 십자가 못 박게 하신 것도
고난 중에 함께하신
하나님 축복
날마다 거룩한 씨 뿌리는

낙인찍힌 양 변해갔었네

육신의 눈
구별할 수 없다 하여도
하늘 언제나 하늘이고
바다가 뭍 아니듯
언제나 승리로 이끄신 주

믿는 자녀 부름 받은 특권
보냄받은 소명 함께할지니
세상 빛으로
소금으로
증인 되어 살아야 하리
오직 순종하는 종의 마음으로

행복의 조건

긍정의 습관
행복의 시작입니다

행복은
내 안에 계시는
당신으로 인한 감사입니다

감사는
보이지 않고 잡히지 않아도
함께 하시는 당신 선물입니다

그러므로 행복은
감사와 긍정의 열매
당신의 십자가 작은 깨달음입니다

인생의 꽃

눈이 겨울의 꽃이라면
봄의 꽃은
연초록 희망이겠지

진록의 여름꽃이
붉은 장미라면
사람 꽃은
펄펄 끓던 청춘이겠지

가을의 꽃이
주렁주렁 달콤 열매라면
노을빛 잔주름 백발
인생의 꽃

여기 서 있을게요

바람 불어도
눈이 내려도
나
여기 서 있을게요

그대와 함께 가기 위하여
유혹과 향락 세상 속에서
돌아오기를 기다리며
나 여기 서 있을게요

수정같이 맑고
아름다운 천국
그대 함께 가기를
간절히 기다리며 서 있을게요

돌아보면
아쉽고 아쉬운 연민 남아있어도
바람에 나는 겨 같은 세상
언젠가는 반드시 가야 할 나라

아름다운 천국으로 함께 가기를
애타게 기다리며 서 있을게요

바람 불고 비가 내려도
해 지고
별이 빛나는 어둠이 와도
그대 기다리며
여기 서 있을게요

– 가두전도 전도지 돌리다가

그리스도인

그리스도인 발바닥에도
무좀 생기던데요

그런 눈으로
보지 마세요
그리스도인 발바닥에도
땀나고 무좀도 생기던데요

때로는
검정 비닐봉지 속
삶의 무게 담아 들고
대롱대롱 세상 돌기도 하고

때로는 바쁜 걸음 건망증
바지 지퍼 올리지 못한 채
전철 타기도 하지만
그리스도인도
밥 먹고 산답니다

그렇게 웃지 마세요
그리스도인도 천박한 모습
목젖 보이도록
깔깔거리며 웃기도 하고
급하게 끼어드는 자동차 향해
욕설 퍼 붇기도 하고

때로는
감시카메라에 찍힌
속도위반 스티커
야속한 생각 드는 때
궁시렁 불평하기도 한답니다

하지만
내 생의 모든 것
하나님
맡기신 줄 알고 감사하지요

헛간과 곳간

헛간인들 어떠랴
주신 것만으로도
넘치는 감사
향기로운 삶 살았으니

곳간인들 어떠랴
영생의 복
차고 흘러 이웃 적시는
닮을 수 없는 삶 살게 하시니

돌아본 굽이굽이
십자가 보혈 미치지 않는
어느 곳 어디에 없는
그대 삶

주님 사랑 빛나는
당신 삶
헛간인들 어떠랴
곳간인들 어떠랴

하나님 부르시면

여기
이렇게 서 있다
하나님 부르시면
얼른 달려갔으면 싶다

쭈글쭈글 찌든 삶
바라보지 않고
팽팽한 지금처럼
허리 곧게 세우고 살다

하나님 부르신다면
아멘 화답하며
얼른 달려갔으면 싶다

제3장

사랑과 말씀 나를 다듬고

사 랑

둘러맨
가방끈 짧아도
손에 쥔 권세 없어도
낮추고 낮춘 겸손의 손길

쌓아 둔
재물 없어도
허둥지둥 시간 없어도
가슴 가슴에 황홀한 기쁨

물 흐르듯
산천 분별없이
못내 흘러도
향기롭고 살가운 섬김

사랑은

사랑은
소유하지 아니하며
절제 없지 아니하며
조종하려 하지도 아니한다네

사랑은
지배하지 아니하며
용납하고 인정하며
강요는 더욱더 아니한데요

사랑은
억압하지 아니하며
조건 있지 않으며
통제하려 아니하고

사랑은
소중하게 여겨주며
권위 없지 아니하며
격려하고 존중해 줘요

사랑은
완전하지 않아도
가슴 가득
서로서로 기쁨 있지요

– 이기복 목사님 말씀 중

사랑하자

나를
사랑하시매

살 찢고 피 살라
사랑한다
고백하시고

다시 사신
능력 증거 하셨나니
사랑하자

네 살 속한
미혹의 속삭임
흔들리지 말라

진리에 속한 대속 은혜
함께 누릴 영생의 복
서로 믿고 사랑하자

사랑하라

쫀쫀한 생각
놀림으로
쫀쫀한 생각 틀 박히고
쫀쫀한 생의 길 걷고 있다

거대한 성 같은
사랑 속에 선
더 크게
넓게
깊게
반응하고 사랑하라

연 분

높이 낮추려
낮은 널 높이려
흐르고 흐르는 물

낮은 널 높이려
사랑도
물처럼 흐르는 거지

호수에 담긴
맑은 물 흐르지 않음
평등의 수평이리니

너와 나
짝으로 연 맺기까지
얼마나 높이려 섬겨 줬을까

사랑은
끝까지 주는 거라지
한 몸 이루어 사는 날 동안
낮추려 얼마나 퍼내었을까

같음으로
언성 높인 건 얼마였을까

애 인

콩닥콩닥
가슴 뛸 만큼
어여쁘지 않아도
안 보면 보고 싶어
그리운 사람

팔 등신 에스라인
안아보고 싶어
안달 날 만큼
날씬하지 않아도
만나면 그저 신나고 웃게 하는 사람

뽀얀 살결
앵두 같은 입술
입맞춤하고플 만큼
요염하지 않아도
주어도 주고 싶은 살가운 사람

도둑이로소이다

오고 가는 계절 느껴도
씨 뿌리고
거름 주고 북 주기 싫을 때

열심히 살아도
내 안의 나 돌보지 못하고
눈앞 쾌락 욕구만 가득할 때

꿈꾸며 살아도
땀 흘려 가꾸지 않고
탐스런 열매만 욕심낼 때
나는
이미 도둑이로소이다

예전에는

널브러진 부엌 주방 보면
예전엔 화가 났는데
깜박깜박하는
당신 생각
이제는 손 먼저 갑니다

뒤죽박죽 냉장고 속 보면
예전엔 원망 앞섰는데
부쩍 심해진 건망증
당신 생각
이제는 한숨 길어집니다

차곡차곡 보관 용기 속 변질 보면
예전엔 미움뿐이었는데
나밖에 모르는
당신 생각
이제는 나 모르게 눈물 납니다

아버지 사랑

반짝이는 눈빛
예뻐서가 아니랍니다

뽀얀 살빛
찰랑이는 검은 머릿결
고와서도 아니랍니다

오직
아버지라는 것 때문에
사랑하는 것이랍니다

세상 능력
재물 때문이 아니랍니다
조건 없는 사랑
아버지 사랑

형편 펴고
사랑받는
너 때문이 아니랍니다

세상 알아주는
명예 때문도 아니랍니다
흉내 낼 수 없는
아리도록 뜨거운 사랑

오직 아버지
아버지라는 것 때문에
사랑하는 것이랍니다

용 서

장자 명분도
이 땅 축복도
동생에게 빼앗겼었네

한심한 자신 후회되어
간사한 마음 분 들끓어
긴 칼 차고서 집 나섰네

길 나선 아우 돌아오는 길
고개 숙이고 용서 구할 때
따스한 사랑으로 용서했기에

하나님
그를 사랑하시고
이 땅 복으로 축복하셨네

그의 씨로
여러 족장 민족 이루도록
하나님 축복하셨네

우리 가슴 속 분노
칼 든 그 분노 버금 넘는가
용서 구하거든 분 푸소서

용서하거든
하나님 또한 사랑하시리
이 땅 복으로 축복하시리

– 2001. 12. 야곱이 세일 땅 에돔에서 에서를 만났을 때(창 33)를 읽고

사랑할 수 없는 것 없을 지나니

내가 사는 오만
흘린 눈물
떨어뜨린 한 가닥 머리털까지
사랑할 수 없는 것 없을 지나니
돌아갈 소망
가슴에 선혈 낭자한 사랑
그대 있음이라

얼룩진 세상 허물
연약한 육신일지라도
정죄함 없는 그대 사랑
피조물 된 어느 것 하나
사랑할 수 없는 것 없을 지나니

약속의 자녀
아니라 여길지라도
근심 걱정 매여 사는
빚진 자라도
그대 하는 그대로 사랑하리니

그대에게 기쁨이라면

허무한데 굴복하고

함께 받을 고난 중에 있을지라도

사랑할 수 없는 것 없을 지나니

결코 끊을 수 없는

무한한 사랑 안에 있음이라

다이아몬드의 눈물

찬란한 광채 속
그토록 목메도록
슬픈 눈물 담겨있는 줄
누가 알까
그 누가 느낄 수 있을까

반짝이는 광채의 유혹
아비의 목이 달린 줄
어미의 부른 배
처절하도록
애달픈 슬픔 담겨있는 줄
그 누가 짐작할 수 있을까

원망의 땀으로 얼룩지고
수많은 눈물 응고되어
부서지지 않을
황홀한 빛으로 피어난
슬픔의 꽃이여 눈물의 빛이여

— 『이 아이들을 꽃으로도 때리지 마라』를 읽고

나의 그대

진정한 삶의 기쁨
행복의 진정한 의미
깨닫게 하는 당신
나의 당신입니다

내가 살아야 할 의미
가슴 따스해지는 시간
밤 같은 어둠
세월 속 나를 맡기고

그래도
살아가는 것
죽음보다 강한
사랑
나의 그대입니다

하나님 은혜

내게
아무런 능력 권세 없어도
멸시치 않으시고
날마다 함께하시매
가난한 내 영혼 살찌우시니
주신 은혜 참으로 감사드려요

비록 움켜쥔 빈손으로 부르셨어도
빌리러 가는 손이지 않게 하시고
필요 때때로 채워주셔서
흙으로 돌아갈 육신이라도
포동이 살찌워 주시는 사랑
참으로 그 사랑 감사드려요

기쁨 취하여 외면해도
고통과 고난 엄습할 때
부르짖는 외침 외면치 아니하시고
언제나 귀 기울여 응답하시는
하나님 은혜 감사드려요

좌로나 우로나 치우치지 않고

올곧은 아들들로 자라게 지켜 주시고

날마다 가정에 생명수 부어 주시며

밝고 희망찬 가슴으로 살게 하시니

그 사랑 그 은혜 감사드려요

당신 앞에만 서면

가을 햇살보다
아름다운
그대 앞에 서면
왜 자꾸만 초라해지는지

황금빛 들녘
외로이 선 허수아비처럼
주관도 생각도 없이
왜 그대 눈길에
자꾸만 흔들리는지

가을 나무
가지가지 열매들보다
향기 고운 당신 앞에만 서면
왜 이렇게 추해지는지

맑고 파란 가을 하늘
하늘보다 맑고 깊은
넓은 마음
당신 앞에만 서면
왜 엄마 앞
아이처럼 유치해지는지

천년이 지나도

당신 향한 나의 사랑
밤 지나 아침 오듯
변함없는 진실 진실이어요
천년 지나도
변하지 않을 진실이어요

당신 향한 믿음
바다 향한 강물이듯
변함없이 흐르는 원리이어요
천년이 지나도
변하지 않을 원리이어요

당신 사랑은
구름 뒤 햇살 환하게 반짝이듯
가슴 반짝이는 기쁨이어요
천년이 지나도
변하지 않을 기쁨이어요

당신 위하여 기도합니다

피는 봄
햇살 아무리 곱다 하여도
내겐
당신 의미 너무 소중하기에

애처로운 당신
나에게
언제나 깊은 밤 없게 하기에

향기로운 꽃향기 풀풀 거리는
꿈처럼 아름다운 봄날에도
무너지는 가슴 희망을 심어
당신 위하여 기도합니다

깊은 어둠 불안한 믿음
가슴에 묻고
설친 낮으로
간절히 기도합니다

고통의 비명
자존심 이미 부서져 내려
애처로운 당신
바라보는 아픈 가슴

춤추듯 가벼운
걸음걸이 당신이기를
간절히
예수님 이름으로 기도합니다

– 3월 어느 날 병실의 환우 부부를 위하여

여름으로 가는 길목에서

고난의 가시밭길
가는
그 날에도
오늘처럼 이렇게 비가 내렸었나요

하나밖에 없는 외아들
매어 다는 그 날에도
이렇게
가슴 저리도록 꽃은 향기로웠나요

피와 물 다 쏟으시고
한마디 말도 없이 참아내던
인내 그 날에도
스치는 바람 이토록 부드러웠나요

고난과 모욕 잔이 지나고
사망 권세 이기고 다시 사신
부활
부활의 가슴 벅찬 기쁨 어쩌지 못해
오늘도
이렇게 뜨거운 눈물 흘리시나요

가시면류관

조소 가득한 얼굴
비난의 아우성 속
분노보다 아픔 가슴에 맺혀
울지도 못해
차라리 흐르는 핏방울
위로받네

무지몽매한 비난
저주 가득한 조롱
찔린 가슴 창보다
박힌 손 못보다
아프게 들어와 박혀도
오래 참고 인내한 사랑

피보다
진한 사랑 버릴 수 없어
기꺼이 써야 했던
가시면류관
오
사랑의 가시면류관

오늘을 사랑하시어요

슬픈 가을
만나고 싶지 않으시거든
바람을 세월을 탓하지 마시어요

뜨겁던 여름날
푸르고 푸르던 젊음
돌아보지도 마시어요

주어진 오늘 내일이 되고
맡겨진 오늘 어제가 되니
오늘을
몸부림치듯 사랑하시어요

그럼에도 불구하고

당신과
나는
때문에 마주했노라

그러나 그는
나를
그럼에도 불구하고 사랑하시니

나 또한
그럼에도 불구하고
그에 감사하고

그가 자랑스럽나니
세상
기뻐 섬기노라

그때에도

그때에도
저렇게 강물 푸르게 흘렀겠지요
사랑하는 당신
이곳에 묻고
돌아서던 그때에도

나의 분신
나의 딸
눈물로 보내던
그 날에도
이토록 아름답게 햇살 반짝였겠지요

세상 권세 명예
보장된 장래였어도
어둠 편만한 이 땅
빛의 씨앗 복음의 씨앗으로
묻히리라 다짐하며
잡은 손 뿌리치던 그 날
그 봄에도

천 번의 생명 삶 주신다 해도

미개한 이 땅 사랑하겠다

고백하며 눈 감던

봄날 같은 젊은

그 날에도

부는 바람 향기롭고

피는 꽃 그렇게 고왔겠지요

– 양화진 선교사 묘역에서 리첼켄드릭, 헐버트 헨론, 언더우드, 아펜젤러 묘역을 둘러보고 2003년 어느 봄날

그려유

머리엔
오밀조밀 계산기 자판
투둑투둑 계산된 사랑

앞뒤 제지 않고
불길처럼 타오르려면
가슴 태워야만 할 수 있기에

걷잡을 수 없는
불길처럼
뜨거운 게 사랑이라면

생각한다 하여도
뛰는
가슴으로 생각해야 하기에

그려유
사랑은
가슴으로 하는 걸 거예요

오 늘

어제는
잊으라 하네
아쉬웠던 지난 시간
기쁨도 슬픔도
어제는 다 잊으라 하네

어제 희망이었던
오늘
즐거이 사랑하라 하네
마음 다 쏟아
기뻐하라 하시네

무궁한 사랑

느낄 수 있는지
밀려오는 어둠 같은 모든 죄
도말하신 십자가 보혈
헤아릴 수 없는 깊이
눈 감아 보시어요

어디쯤 끝인지
높고 푸른 하늘보다
한없이 높은
하나님 우리 사랑
눈 들어 보시어요

가슴 열어 보시어요
죽음도
무엇으로도
감당할 수 없는 영원한 사랑
부활하신 예수 무궁한 사랑

고난 주간에

고난의 십자가
내 죄 씻으신
뜨거운 당신의 사랑
흐르는 보혈 가슴 적시고

어제 같은 오늘도
세상에 매여 살지만
십자가 은혜
목청 돋우어 찬양하네

사망 권세 이기신 부활
나의 입술
당신 위해 사노라 다짐하지만
십자가 타고 가진 않는 것인지

나는 세상의 빛이니

나를 따르는 자
어둠에 다니지 않고
생명 빛 얻으리 약속하셨네

빛 따르면 빛 가운데
어둠 따르면 어둠 속
사는 줄 모르지 않네

세상 따르면 세상
주님 따르면
주안에 거하는 줄 왜 모를까

고난도 기쁨 행복한 일상
주님 주신 축복 감사할 텐데
어찌 세상 성공 부추기느뇨

빛과 어둠

말씀으로 나누인 하루
빛과 어둠

어둠 있으므로
빛이 있다는 말씀일 게다

어둠은 죽음
빛은 생명이라기보다

빛 가운데 희망 싹트고
생명 자라지만

어둠 속에도
당신 호흡 함께하시고

당신 만드신
세상이라 말씀하시는 게다

부활절 앞에

오는 봄
재촉하는 눈부신 햇살
하늘 가득
금빛으로 쏟아지는데

수많은
조롱과 고난
대속의 짐 지신
아버지 나의 하나님

눈으로 보고
귀로 듣고서 지어
마음에 싸이고 쌓인
산 같은 죄
홀로 지신 십자가 보혈
그 피로 깨끗이 날 씻으신
나의 주 내 하나님

고난 같은 겨울 지난
화창한 봄날
피는 봄 힘차게 노래 부르네
사망 권세 이기고
부활하신
독생자 예수 그리스도

예비할 집

꽃피는
봄이 오면
꽃 같은 꿈을 꾸라

꽃 진 가지
열매 맺혀 자라면
씨 뿌리고 가꾸라시고

탱글탱글
열매에 단내가 나면
나가서 거두라 시니

북풍한설 낙엽 지면
겨울 올 줄 알거든
너희 예비할 집 아느냐 하시지

아비가일

무식하단 나발
생활에 충실한 사람
욕심 치우친 조그만 마음
사람 볼 줄 몰랐던 게다

완고하단
나발 집념의 사람
고집과 의지 분별할 줄 몰라
평강의 복 어디서인지
감사를 몰랐던 게다

총명하다는 아비가일
하나님 동행
오늘의 평안 허락한 사람
알아보는
맑은 눈 가졌던 게다

부유함 교만치 않고
너 대신

땅 엎디어 얼굴 맞대고
용서 비는
아리따운 마음 가졌던 게다

아비가일 총명 닮고 싶거든
겸손하게 축복하고 나누어 주고
긍정하는 고운 눈 분별하고
오늘을
하나님께 감사할 일이다

마음의 뜰

마음의 뜰
소복하게 복토를 하라
미움 시기 돌 골라내고
붉게 젖은 사랑 흙으로
넌 뿌린 적 없어도
날아와 뿌리내릴 씨앗들 위해

마음 밭
십자가 복음 거름을 주라
세상 매여 찍어낸 습관 들어내고
샘물처럼 맑고
깨끗한 복음 거름을 주라

그대 마음 밭
북을 주라
실패하고 상처받은 일상 위에
통회의 깊은 회개
따스한 위로 북을 주라

그대로 하라

무슨 말씀이든 그대로 하라
채우라 하시거든 채우고
갖다 주라시면 갖다 주시라
갈릴리 혼인잔치 기적 보리니

내 생각 지식 기준
내 고집 버리고 죽이고
그대로 하라
물이 포도주 된 맛 보리니

깨닫지 못해도
이해 안 되도
동행하시며 도우시는
주님 보리니
무슨 말씀이든 그대로 하라

행하고 따라야 할지니

아이야

네가

낮아지고 초라해져도

하나님 기뻐하실 일 찾으라

사랑하라 하셨으니 사랑할 지니

미워도 사랑하고

용서할 수 없어도 사랑하라

비록 이단이라도

함께할 믿음 사랑 할지라

저주 같은 죽음 이를지라도

네 깊은 혈관 속

믿음의 주 자리하도록

행하고 따라야 할지니

돌이켜 주옵소서

주님 주신 모든 것
당신의 것
내 것으로 알고 판단했었네

네 판단 정죄하며
세상
썩을 것 메달렸었네

돌이켜 돌아보면
당신의 은혜
축복 아닌 것 하나 없는데

긍정 못하고
부정한 마음
추락의 날개 만개 했어라

주여
용서 하소서
돌이켜 주옵소서

기대의 줄

넉넉지 않은 물질이거든
네 마음
그릇 깨끗이 하라

더러운 죄 속
물질의 복
저주의 씨앗이리니

물질의 축복 원하거든
네 마음
그릇 깨끗이 하라

차고 넘치지 않는 지
기대의 줄
놓지 말지라

하나님 약속

선한 꿈
간절히 간구하매
아버지
들으시고 응답하시니
눈앞에 너무 급급지 마라

아브라함 여호와
가나안 약속
야곱의 하나님

시련과 고난
지난 후에야
가나안 요셉 이장 이루셨으니

모르는 듯 아닌 듯
깨닫지 못할지라도
이루어 주시는 하나님 약속

보름달처럼

내 마음
보름달처럼
둥글둥글
둥글었으면 좋겠습니다

시기 질투로
이웃 마음 찍어 쪼개던
예리한 도끼처럼 날 선 마음

판단과 정죄
네 가슴 난도질하던
양날의 검처럼 날카로운 입술

말씀과 기도
겸손과 순종으로 깎고 갈아서
보름달처럼
둥글었으면 좋겠습니다

죄 인

아무것도
할 수 없었어요
편하고 넓은 길 걷는 것밖에

모든 것
당신 예비해 놓은
축복의 길인 줄만 알았어요

안 돼
가슴 한가운데
커다랗게 울리는
북소리 들었었어요

육신의 나약함
쫑알쫑알 되뇌며
편하고 넓은 길 가야 했어요

그것도
당신 예비하신
축복의 문인 줄만 알았어요

불면증

모든 것 내게 맡기라
그리 말씀하셔도
말똥말똥 별빛처럼
잠들지 못하는 해결책

항상 기뻐하라
말씀으로 약속하셔도
새록새록 새싹처럼
돋아 오르는 근심 걱정

사랑이 제일이라
부활로 증거하셔도
몽실몽실 물안개처럼
피어오르는 분노와 미움

철 야

깊어 가는 밤
별빛 더욱 초롱초롱
반짝이는 하늘 지붕 삼고

비탈진 산언덕
무릎 꿇고
연약한 믿음

수많은 죄
눈물 속 잠겨 흐르고

꾸짖어 격려하던
맨 목소리

기뻐하라

기뻐하라
항상 기뻐하라
넘어져도 쓰러져도
기뻐하라

호흡하는 오늘도
너와 함께하시고
영원을 책임지마 약속하시고
언약자녀 새기시니

언제나 어디서나
기뻐하라
항상 기뻐하라

살전 5:16

가을 하늘처럼

누구나 좋아하는
높고 푸른 가을 하늘
마음속
깊은 곳에 들어와 앉듯

높고 높은
하늘나라 뜻 둔다면
말없이 지는 낙엽
무슨 욕심
깊은 곳에 자리할 손가

맑고 고운 가을 하늘
깊고 푸른
호수 속에 안기어 있듯

깊고 넓은
주님 사랑 품어 있다면
흙에 묻힐 세월
무슨 염려
가슴속 자리할 손가

거룩한 성전을 마음에 짓고

임마누엘
하나님
함께하신 한 해
주신 물질의 복
헐하지 아니하였고
주신 식물
굶주리지 아니했어라

주의 손길
누이신 자리
야윈 육신의 등
차갑지 아니하였고
벌거벗은 마음밖에는
헐벗지 아니했어라

주신 지혜로
존경받지 못했을지라도
멸시당하지 아니하였고

뿌린 씨앗들 위에
때를 따라 단비 주시고
햇빛과 바람 더하셔
풍요로운 수확 주시었어라

오늘도 함께 하시는 하나님
거룩한 성전 마음에 짓고
기쁨과 감사
나의 주 찬양하노라

주여

죄인의
불의함은 듣지 마시고
거짓되지 않은 입술
부르짖는 기도
기도에 응답하소서

마음 가득한 죄악
긍휼의 눈 바라보시고
저울추 같은
공평함으로
시험 들지 않는 마음 살펴주소서

어느 곳
어느 때나
입으로 범죄치 말게 하시고
나의 걸음
주 날개 그늘 아래
감추시고 실족치 않게 하소서

압제하는 세상 물질 속
벋어나게 하시고
온전히
주님만 의지하게 하시고
나의 영혼 구원하소서

나의 힘 여호와
나의 주 하나님
내가 주를 사랑하나이다

— 시 17

무지개

바라보면
가슴 뛰는 언제나 기쁨
기쁨 있었네
귀한 약속 알지 못하던 때도
꿈처럼 잡으려던
황홀한 기쁨 있었네

생육하고 번성하라
약속하셨던
다시는 멸하지 않겠다
언약의 증거
보지 않고 믿는 것 복되다 해도
사랑의 그 약속 보여 주시네

구름 속에 두신다던
영원한 약속
고난 같은 소나기 걷힐 때쯤
저 멀리
희망처럼 고운 빛깔로
하늘 닿는
구름다리 보여 주시네
언약의 그 약속 잊지 말란 듯

욕심 열매

가슴 저 밑바닥
끝이 보이지 않을 깊은 곳부터
차곡차곡 퇴적된
새까만 욕심
가득한 은혜 중 사는 날에도
담쟁이 넝쿨처럼
내 입술 타고 오르네
불평과 불만 가시 열매로

바람에 나는 겨 같은 세상
그래도 바라보면
타오르는 끝없는 욕심
이제는
버릴 때도 됐지 싶은데

가득한 이기심 어쩌지 못해
소명 중에 살고픈 이 여명에도
흙으로 돌아 가야 할
연약한 육신에 뿌리를 펴네
아집과 독선 쓴 열매로

교 만

우월감 속 맹신

제한 없는 권위

책임 앞서는 권력

의무 앞세운 권리

뭘 몰라 입에 다는 지식

근거 없는 확신

모두 교만의 아버지

좋은 일

내가 몰랐어도
위하는 마음

네가 몰라도
주고 싶은 마음

그만 아시는
사랑하는 마음

보는 이
손해라 소리치던 일

향기 가득
영원토록 기억될
참 좋은 일

— 마 26:10

우리를 친히 빚으셨다네

빚이 있으라 시니
깊은 어둠
어둠 속에 빛이 있었네

어둔 곳에 창궐하던
수많은 죄악
설 자리 잃고 물러갔었네
어둠 따라 물러갔었네

나누인 궁창 하늘과 땅
뭍과 바다 가려 놓으셨다네
모든 것 모든 일
오직
말씀만으로 창조하셨네

하지만 우리는
친히 흙으로 빚으셨다네
나의 주 하나님
당신 닮은 형상으로
생령 가득히 불어 넣어서

– 창 1:27

함께하시는 주님

무엇을 먹을까
무엇 입을까
염려치 말라 하시는데
꿇어앉은 이 시간도 빈손이라서

밟히듯 수그린 수많은 세월
딱지 앉은 겸손 하라
더 낮아지라
이 모습 이대로 감사하려도
당신 형상에 분칠할까 봐

가리고 싶지 않은
그대 향기
무너지는 어미 빈약한 가슴
도움 손길로 응답하시고
능으로 함께하여 주셨네

회개의 잔

질투로 시작된 미움
네 그림자도
외면했는데
네 얼굴
돌처럼 굳었었구나

주 사랑
이제
손잡으려는데

싸늘하게
식은 손
굳은 팔이라도 잡으려는데

마음 깊은 곳 외면
진정 뜨거운 회개의 잔
가슴에 붓네

홀로 새벽 예배드리다가

이 새벽
찬양할 수 있음
주여
감사합니다

할 수 없는
그날
가까이 오리니
할 수 있는 오늘 감사

주신 생명
호흡하는 날
팔십이라도
쥐 내림보다 더한 고통

입지 못할
그날 쉬이 오리니
꼿꼿한 오늘 감사
주여 감사합니다

닭 울던 새벽

닭이 울고
일렁이는 강물이듯
복받쳐 흐르는 눈물

능력의 당신 팔 안에 선
세상 무서울 것 없던 자신
단죄의 외침
속절없이 무너져 내린 연약한 육신

순간의 짧은 고난
엄습한 두려움
산산이 부서져 조각난 믿음

후회와 자책
깨달음
통한의 눈물
눈물
눈물

살아있는 동안

당신 주신 이름
살아있는 동안 누리고 살아
살아계심
드러나게 하여야 하리

죽어 버린
이름 또한 축복
저주의 잔
축복의 잔으로 채우셨으니

살아있는 동안
영원히
살아있을 이름
영광 드러나게 하여야 하리